FABLES

ET

CONTES MORAUX.

EN VERS.

Par M. FONTAINE.

. . . . . *Mutato nomine de te*
Fabula narratur. **Horat.**

Prix 24 fols.

A LONDRES,

Et fe trouve à PARIS,

Chez
la Veuve DUCHESNE, Libraire, rue S. Jacques,
au Temple du Goût.
DELALAIN, Libraire, rue & à côté de la Comédie
Françoife.
LE JAY, Libraire, rue S. Jacques, au-deffus de la
rue des Mathurins, au Grand Corneille.

M. DCC. LXIX.

AVERTISSEMENT.

QUOIQUE la fable femble être une efpèce d'école uniquement confacrée à l'éducation de l'enfance, cependant la morale qu'on y enfeigne peut être rendue propre à inftruire tous les âges. Si la fable de la Cigale & de la Fourmi ne convient qu'à des enfans, celle du Statuaire eft une fublime leçon adreffée aux hommes. Efope jouant aux offelets avec les enfans d'Athènes, ne femble-t-il pas nous dire que les hommes & les enfans doivent venir à cette école, & qu'ils y trouveront également de quoi s'inftruire ? Lefquels ont le plus befoin des leçons de la morale, & des préceptes de la fageffe? Nos goûts en changeant avec l'âge, deviennent-ils plus raifonnables ? N'eft-ce pas l'ambition, l'amour effrené des richeffes, & tant d'autres paffions fatales qui remplacent les jeux innocens de l'enfance ? S'il eft néceffaire d'élever les uns dans les principes d'une faine morale ; il n'eft pas moins intereffant de corriger les autres, de regler leurs mœurs, d'adoucir leurs paffions en les défabufant de leur objet trompeur, &

dans des fictions heureusement inventées, de
montrer toujours la vertu joyeuse dans sa
pauvreté, le vice mécontent de ses richesses.

Je pense qu'un genre d'apologue qui se
consacrerait uniquement à cet objet, serait
un genre de poësie intéressant & utile. La
morale mise en action fait sur l'ame une im-
pression bien plus profonde que la morale
simplement mise en préceptes. Telle est la
nature de l'homme, qu'il faut le tromper sans
cesse, & que pour lui faire aimer la vérité, il
est nécessaire de la lui présenter sous l'appas
des fictions. Cette idée me donna celle de
traiter ce petit nombre de Contes Moraux,
que l'on pourrait peut-être aussi intituler Apo-
logues héroïques. S'il arrivait que je fusse
assez heureux pour ne pas déplaire à mes
lecteurs, & que dans la suite on adoptât mon
idée, je n'aurais pas pour cela l'orgueil de
croire que j'eusse introduit un nouveau genre, mais je goûterais le plaisir dont jouit un
honnête homme, qui a le bonheur d'être
utile aux autres.

FABLES

ET

CONTES MORAUX.

EN VERS.

LE LAPIN ET LE PROPRIÉTAIRE D'UN CHAMP.

FABLE.

UN Lapin qui fçavait par cœur fon ordonnance,
De l'équité bravant toutes les loix,
    Venait avec pleine licence
Ravager, tous les jours, le champ d'un villageois ;
    Champ bienfaiteur, qui contre la mifere
    Soutenait feul une famille entiere
      De quatre fort honnêtes gens,
      Sçavoir Cataut la ménagere,
      Guillot, pere de deux enfans ;
Colinet le petit avec fa fœur Jeannette
      Qui déja trottait grandelette.

A

L'allarme était chez eux, & depuis près d'un an
  Tout périſſait ſous Lapin le tyran.
Il rendait de Guillot les eſpérances vaines.
Guillot eut beau trainer le bœuf ſur ſes ſillons,
Il avait vu périr ſes naiſſantes moiſſons,
L'ennemi diſſipait tout le fruit de ſes peines.
Ce tyran fugitif, errant dans les guérets,
Ravageait en courant l'empire de Cérès.
Là ce Seigneur vivait avec magnificence.
Chaque jour bals nouveaux, & de nouveaux feſtins :
Il tenait table ouverte à Meſſieurs les Lapins,
Qui tous, comme ſçavez qu'il ſe pratique en France,
  Aux dépens du pauvre manant
  Dans le nouveau gouvernement
S'ébaudiſſaient, ſautaient, faiſaient bombance.
  Maître Lapin vivait en Intendant.
Ce n'était tout : le drôle avait force compagnes,
  Et chaque jour avec impunité,
Il peuplait les terriers de ſa poſtérité.
Nul n'oſait attaquer le Néron des campagnes.
Certain Chien de Guillot, ami de l'équité,
Et contre les Lapins par la haine emporté,
Brûlait d'un beau deſir de venger la luſerne ;
  D'une autre part, le maître ſubalterne
Des champs que ravageait le timide Néron,
Dans l'excès des tranſports où ſa fureur ſe livre,
Déſirait le tuer pour lui montrer à vivre ;
Mais il n'oſait, craignant la loi du talion.

Guillot pourtant qui lui gardait rancune ;
Se poste en embuscade, & l'attend sur la brune ;
Et n'écoutant que sa juste fureur,
Exposant au hazard sa vie & sa fortune,
Roide mort sur la place étend l'usurpateur.
Ah ! lui dit-il, je te tiens, misérable,
Je suis vengé du mal que tu m'as fait.
Il l'emporte & dans un civet
Court se régaler du coupable.

De cet hôte des champs craignez le triste sort ;
Gens abusans des droits qu'un maître vous confie ;
Gens oppresseurs de la patrie ;
Ce Lapin fut un traître & Guillot n'eut pas tort ;
Il fit des malheureux ; il méritait la mort.

L'HOMME ET LES AUTRES ANIMAUX.

FABLE.

AVANT que la société
Eut assujetti l'homme en lui donnant des guides ;
Avant que de fiers homicides
Sous le joug l'eussent arrêté,
Avant que l'insensé tremblant se fût jetté
Aux pieds de ses tyrans perfides,
Ravisseurs de sa liberté,
Et que sa main puissante, audacieuse,

Eût élancé des tours , eût bâti des remparts ;

Eût étalé de toutes parts

De fuperbes Cités une foule pompeufe ;

Des antres , des forêts fauvages habitans ,

Sans féjour , fans patrie , errans à l'aventure ;

Les mortels ifolés , l'un l'autre fe fuyans ,

Se repaiffaient de gland , & couchaient fur la dure.

Les titres vains de Majeftés ,

Cher lecteur , font des noms par l'orgueil inventés.

Croyez l'hiftoire que je conte ;

L'homme jadis n'eut point de dignités ,

Il n'était ni Baron ni Comte ;

Et comme dans les bois il n'eft point de flatteur ,

Nul ne l'appellait *Monfeigneur.*

Il n'était point une Eminence ,

Mais un hôte des bois , fans titre & fans naiffance.

Entre l'homme & les animaux

Ses égaux ,

On ne remarquait lors aucune différence.

Si l'on eût établi quelque diftinction ,

Quelque marque de préférence ,

Il faut croire que le Lion

Aurait eu la prééminence ;

On eut vu de cette façon

En fuivant les degrés que la nature pofe ,

L'Ours devenir un Comte , & le Tigre un Baron

Et notre ayeul eût été peu de chofe.

L'Homme n'était alors ce qu'il eft aujourd'hui ;

Sans arme, fans défenfe, incapable de nuire ;
Devant le fier Lion c'était un pauvre Sire ;
Humble & tremblant de loin il fuyait devant lui.

  Du monde alors il n'avait pas l'empire ;
De forêts en forêts l'homme fans ceffe errant,
S'allarmait nuit & jour, & vivait en fuyant.
Un jour auprès d'un bois il s'arrête & foupire,

  Et vers le Ciel jettant les yeux,
Il dit : ne puis-je donc changer ma deftinée ?
L'efpéce humaine enfin du Ciel abandonnée
A cette vie horrible eft-elle condamnée ?

  Il ajouta : je fuis feul malheureux.
Le Lion dort en paix, & fa vie eft tranquille.
Je fuis nud ; tout me manque & je n'ai point d'afile.

  Quel eft l'excès de mon fort rigoureux !
Quand ces Meffieurs ont faim, je deviens leur pâture ;
Quoi ! fuis-je donc un mets que leur fert la nature ?
Ils me traitent d'égal, ô comble de l'injure !

  Moi ! compagnon de l'Ours affreux !
Eft-ce pour cet emploi que le Ciel me fit naître ?
D'où leur vient cet orgueil ? Ne fuis-je pas leur maître ?
Sans doute je le fuis ; c'eft pour regner fur eux
Que mon front noble & fier s'éléve vers les Cieux ;

  La chofe eft fûre, & je reffemble aux Dieux.

  Je m'en doutais, depuis longtems je penfe
Que ces êtres rampans ne font point mes égaux.
N'eft-il pas un moyen d'affermir ma puiffance ?

       A iij

De les faire fortir de leur indépendance ;
De lancer le trépas fur ces vils animaux ?
Il dit, & fa penfée active, induftrieufe,
D'un arbre au front touffu contemple les rameaux ;
Il en arrache un feul, ô prodiges nouveaux !
L'arc fe courbe & fe tend fous fa main vigoureufe,
Une pointe effilée arme des javelots.
Il agite en fa main la découverte heureufe ;

   Il bande l'arc ; en ce moment
   Paffait la timide Colombe,
  La fléche part, innocente elle tombe,
   Et le fcélérat triomphant

Admire fon adreffe enchanté de fon crime,
Et d'un œil fatisfait foûrit à fa victime.
S'il eût lancé ce trait fur le Tigre ou fur l'Ours,
Si cette arme fatale eût fervi fa vengeance,
Il eût pu de fon arc implorer le fecours ;
Mais attaquer l'oifeau timide & fans défenfe !
Pour punir le coupable & conferver fes jours,
Le barbare effaya fes traits fur l'innocence !
L'homme fit voir dès-lors que fon cœur eft cruel ;
La Colombe en mourant le rendit criminel.

   L'Univers eft fous ma puiffance
S'écria-t-il alors ; ces fléches font mes droits,
Tout ce qui vit me fert & fous le joug refpire,
Cette fléche en volant ira porter mes loix
Sur l'être qui s'échappe & qui fuit mon empire.

Il ne parlait encor que des hôtes des bois ;
Son femblable eut fon tour. Cela dit , il annonce
Qu'aux habitans des bois il faut un Souverain ;
Que le nouvel Augufte à fes fujets dénonce
Un reglement équitable & certain ,
Qui du faible opprimé venge en tout tems l'injure,
  Faffe fleurir les loix de la nature ,
Défende en tems & lieu le timide orphelin
   Contre la dent injufte & meurtriere
De certains animaux dont l'humeur carnaciere
S'amufait quelquefois à repaître leur faim
   Aux dépens des jours du prochain.
   Dès que la troupe vagabonde
  Des animaux difperfés dans les bois
'Apprit qu'il s'agiffait de l'empire du monde ,
   Chacun prétend avoir des droits,
Dit que fon muffle eft fait pour porter la couronne,
Et qu'on doit le prier d'une commune voix
  De grimper fur le trône , & d'impofer des loix.
   Il n'eft baudet qui ne foupçonne
Que fon deftin l'appelle à ce rang glorieux.
Les antres font par-tout peuplés d'ambitieux.
Ceux qui de l'avenir avaient l'intelligence ;
Les vieillards qu'éclairaient l'âge & l'expérience
Des jeunes étourdis menaçaient l'imprudence,
   Et s'attroupant , s'inquétaient.
   Les politiques foupçonnaient
Que cette nouveauté cachait quelque impofture ,

       A iv

Et tous enſemble ils prétendaient
Que l'homme méditait quelque étrange aventure,
Les jeunes gens des vieillards ſe moquaient,
Cependant le ſoleil amène la journée
    Qui doit fixer leur deſtinée.
    Soudain l'on vit dans un inſtant
    Tous les enfans de la nature ,
  L'Ours le gentil , & Léopard le grand ,
  En longue robe , en habit de fourure ,
  D'un œil penſif , comme beaux Magiſtrats ,
Vers le lieu du conſeil s'avançant pas à pas.
Arrivés dans le bois , lieu de la conférence ,
    Nez-à-nez tous ces gens de bien
    Se regardant & ne penſant à rien ,
    Gardaient tous un morne ſilence.
  L'homme ſoudain ſe préſente & s'avance.
Un front audacieux , un ſuperbe maintien
    Ont remplacé ſon humble contenance ,
  Ses pas craintifs & ſans ceſſe fuyans.
On s'étonne en ſecret d'une telle arrogance.
Certaine arme, en ſes mains,inſtrument de vengeance,
Allarme tout à coup les yeux des aſſiſtans.
Tremblez , s'écria-t-il , redoutez ma puiſſance ;
Vous êtes mes ſujets , courez tous m'obéir.
    Je ſuis le Monarque du monde ;
Je nâquis ſouverain ; je ne prétends plus fuir,
Tels ſont les droits certains où ma grandeur ſe fonde ;
Mon ſort eſt de régner , le votre eſt de ſervir.

Hâtez-vous de me reconnaître.
Sur tous les fronts barbus de ces lourds magiftrats,
Bientôt un ris moqueur commença de paraître.
Chacun difait fon mot, on fe parlait tout bas.
Quoi ! chétif animal, qui craignez le trépas,
C'eft vous qui prétendez devenir notre maître ?
Avancez, notre ami, mangé vous allez être,
    Votre raifon ne vous fauvera pas.
      A ces mots le Tigre s'avance,
    De notre ayeul prétend faire un repas.
Soudain fur le Cheval l'homme agile s'élance,
Et fur fes ennemis frappe des coups certains.
La mort vole à l'inftant fur la troupe éperdue,
Et mille traits lancés s'échappent de fes mains :
Semblable à Jupiter qui perché fur la nue
S'amufe à foudroyer les timides humains.
Partout il fait pleuvoir une fléche guerriere ;
    Il combat fans diftinction
Le Tigre au cœur perfide & Sans-peur le Lion.
Déja l'Ours a tombé fous fa main meurtriere.
Rhinoceros le brave a mordu la poufiere.
Celui-ci voit fon muffle emporté pour jamais.
L'autre d'un pied boiteux regagne les forêts.
L'allarme fe répand, la terreur les renverfe,
Devant l'homme vainqueur tout fuit, tout fe difperfe,
Le Cheval indigné qu'on ofe l'affervir,
Terrible, l'œil en feu, tout bouillant de colere,
Se débat infenfé, bondit fur la poufiere

Pour jetter le tyran qu'il ne fçaurait fouffrir ;
Mais il prodigue aux vents une vaine menace.
L'ennemi d'aucun choc ne peut être arraché.
S'il bondit , lui triomphe & rit de fon audace ;
S'il galoppe , il l'emporte à fes flancs attaché.
Pour fe maintenir libre il fe fatigue , il laffe
Le fardeau flétriffant , auteur de fa difgrace ;
Il vole comme un trait dans le fond des vallons ,
Dans les bois , dans la plaine & fur le haut des monts ;
Mais l'homme en fouverain lui commande & le brave.
Envain pour fe fouftraire au fatal deshonneur ,
Il combat en fuyant fous ce frêle vainqueur ;
Il ne peut fe fauver de l'affront d'être efclave.

    Tel fut le fort des animaux divers.
Tous eurent un tyran , tous ont reçu des fers :
Nul d'eux ne fut exempt de fes fléches cruelles ,
Soit qu'il rampe en fuyant , foit qu'il porte des aîles ;
L'Homme par fon adreffe a conquis l'univers.

THÉMIS ET LE VOLEUR.

FABLE.

CERTAIN fripon qu'on nomme Procureur,
Grand chicanneur, vivant de procédure,
Allait devers un bourg; Avocat & Plaideur
L'attendaient là, l'hiftoire nous l'affure,
Pour finir un procès qu'il traînait en longueur.
Sur fon chemin fe trouva d'aventure
Dame Juftice, ayant fon glaive en main,
Et fa balance, hélas! qu'elle portait envain.
Sur cette route, elle faifait fa ronde,
Voulant, dit-on, purger le grand chemin
D'un certain fcélérat qui dépouillait le monde.
A l'afpect de ce front qui fentait la prifon,
A cet air de barreau qui contre lui dépofe,
La Juftice d'abord n'imagine autre chofe,
Sinon que l'honnête homme eft un maître fripon.
Hola! dit-elle, qu'on m'arrête
Ce vilain que le Ciel femble nous envoyer,
J'augure en le voyant qu'il n'eft pas homme honnête,
Et que voler les gens eft fon métier.
LE PROCUREUR.
Qui, moi? Sachez que je fuis Officier

D'une Divinité que l'on nomme Justice ;
   Depuis quinze ans je suis à son service.
Quoi ? l'on ose à mon nez me traiter de Voleur !
Est-ce donc là le nom qu'on donne à mon espéce ?
   Vous outragez un Procureur.

THÉMIS.

Je ne me trompais pas, répartit la Déesse.

LE PROCUREUR.

Je veux qu'un beau procès répare mon honneur.
Je veux dans les Barreaux poursuivre cette affaire.
A ses dépens, Madame, on apprend à se taire.
Comment prouverez-vous que je suis un fripon ?
En justice, Madame, il faut prouver, sinon
La vérité souvent est dangereuse à dire.

THÉMIS.

Réponds-moi , friponneau , c'était le nom du Sire ,
   Tu ne sais donc pas qui je suis ?

LE PROCUREUR.

Qu'êtes-vous pour oser me parler de la sorte ?

THÉMIS.

Tu vois la Déesse Thémis.

LE PROCUREUR.

   Thémis ! eh bien , soit, que m'importe ?
N'esperez pas ainsi m'intimider ,

Contre Thémis je fuis homme à plaider ;
A ce danger volontiers je m'expofe.
Contre nous tous les jours vous perdez votre caufe.
Vous redoutez jufqu'aux moindres fergents.
Fuyez mon art , évitez ma fcience ,
Et fachez que malgré votre vieille balance ,
Je vous ferai morbleu condamner aux dépens.

L'ANE ET LE TAUREAU,

FABLE.

L'ANE a des vanités que l'on ne croirait pas.
On s'étonne fouvent qu'il foit opiniâtre ,
Ne marchant qu'à fa guife , ou murmurant tout bas ;
Ou s'arrêtant à chaque pas ;
C'eft qu'il eft plein d'orgueil , de foi-même idolâtre.
Quelquefois fous cape il fourit ,
Cajolant fa noble perfonne ;
Le fat penfe en effet avoir beaucoup d'efprit.
Sur toute chofe à fa mode il raifonne
Dieu fait comment ! mais le fot s'applaudit ,
Et croit en favoir plus qu'un Docteur de Sorbonne.
Un matin du printems un de ces champions
Scandalifé que l'on prit la licence
De régaler toujours fon excellence
D'un mêts peu délicat que l'on nomme chardons ;
Réfolu en fecret de quitter les vallons ,

De fe laver de la honte de paître ;
Et de fonger plutôt à fe repaître
D'un noble orgueil & de beaux fentimens.
Adieu plaifirs obfcurs goûtés dans la prairie ;
Adieu gafons , herbe tendre & fleurie
Dont il s'amufa trop longtems.
Il dit & part. L'orgueilleux s'achemine
Devers un champ , de Flore autrefois le palais ,
Dont un taureau fuperbe avait fait fa cuifine.
Il ne reffemblait guere à Meffieurs les baudets.
Admirez du grifon l'impertinence extrême ,
Il avait lu jadis quelques romans ;
Voilà ce Magifter , l'exemple des pédans ,
Qui broute en fonge-creux & médite un fyftême.
Il s'avance armé d'argumens
Sur la matiere & l'efprit & le tems.
Il prétend deviner ce qu'eft l'Ane en lui-même.
Notre Taureau , vrai pilier de vallons
Négligeait fort toutes ces queftions ,
Et bornant tous fes goûts à fa belle geniffe ,
Faifait peu de réfléxions.
L'ignorant dans ces lieux écartés & profonds
Vivait comme un Prieur dans fon gras bénéfice.
Des beaux efprits il faifait peu de cas :
Il accueillait avec indifférence
Les beaux difcours , les talens , la fcience.
Le langage des Dieux , il le traitait , hélas !
De fottife & d'extravagance ,

Ariftote & Platon lui paraiffaient des fats ;
Mes amis , c'eft ainfi que nous voit l'ignorance.
On prétend que le ruftre avec quelque indécence
    Se prit à rire au nez du favantas.
    Mon cher voifin , tu deviens fou, je penfe :
D'où te vient , lui dit-il , ce fol emportement ?
Toi , Baudet, raifonner ! je t'ai cru plus prudent.
Qu'importe l'avenir ? Le grand point c'eft de paître.
    Qui vit heureux , a-t-il rien à connaître ?
Pour être un peu moins fot , fois un peu moins favant.
    Laiffe aux humains , cette race infenfée ,
L'emploi de difcourir du futur contingent.
Pourquoi fe tourmenter d'une vaine penfée ?
Ton deftin eft de vivre à jamais ignorant.
Abandonne , crois-moi , cette rage funefte ;
Paiffons , ami , paiffons & négligeons le refte.
Des confeils fi prudens ne furent pas fuivis.
La race des Baudets eft fotte , impertinente :
Le Jean Scot infolent & s'admire & fe vante
Que fa corne a tiré la vérité du puits,
Et , nouveau Maître ès-arts , il difpute , argumente ;
Blâme ou loue à fon gré, dit fur tout fon avis.
    Il ennuya bientôt fon auditoire
Du fatras infenfé de fes propos diffus.
    Le Jupiter qui méprifait la gloire ,
    Eût mieux aimé quelques chanfons à boire ;
Ou quelque air libertin fur l'Amour & Vénus.

L'Ane parlait encore, à ce que dit l'hiftoire :
    La jeune Nymphe aux pieds fourchus,
Parut en ce moment féduifante & parée,
Broutant l'herbe nouvelle, amenant les beaux jours,
Le vigoureux amant dont elle eft adorée
L'apperçoit ; il bondit, & fans autres difcours
Plante là mon Baudet & vole à fes amours.

    O vous ! qui vous vantez d'une vaine fcience,
Mirbalais de couvent qu'a fanglés l'ignorance,
Qu'accrédita long-tems un bizarre jargon,
Champions, qui luttez fur les bancs de l'Ecole,
Armés contre le Ciel d'un argument frivole,
    Ceffez d'infulter la raifon
    De votre voix imbécile & barbare,
Et fachez qu'en dépit de votre orgueil bizarre
Le plus favant de vous reffemble à mon grifon.

L'AVARE, L'ESCLAVE ET LE TRÉSOR.

F A B L E.

CERTAIN Créfus, avare de fon or,
    Devint efclave d'un tréfor,
Emploi bien rigoureux ! ce maître impitoyable
    Lui faifait fouffrir mille maux,
A l'heure des repas ne mettait rien fur table,
    Et plaignait les rares morceaux
                 Qu'il

Qu'il laiſſait prendre au miſérable ;
Lui reprochant à tout propos
Qu'il va dans l'hopital tranſporter ſa cuiſine ,
Qu'il mange tout , que lui ſeul le ruine.
Le jour aucune joie , & la nuit nul repos.
Si le vilain quelquefois ſe conſole
A compter ce métal qui tant le fait ſouffrir ;
S'il peſe en ſouriant ce qui le fait languir ,
Il remet avec ſoin piſtole ſur piſtole ;
Il n'oſe en ſouſtraire une , & la cruelle idole
De l'Avare prodigue , uſurpant tout le bien ,
Demande ſans relâche , & ne rend jamais rien.
Si quelquefois ce Dieu qui le ſommeil diſpenſe ,
Tout chargé de pavots , cheminant en ſilence ,
Sur ſon œil demi-clos paiſible deſcendait ,
Le ſoulageant & donnant quelque trève
Aux ſoucis cuiſants qu'il ſouffrait ;
Au milieu de la nuit le tyran s'écriait :
Eſclave , à mon ſecours ; au voleur , on m'enlève.
L'eſclave s'éveillant , tout tremblant accourait ,
Et pâle , le trouvant , dans ſa joie il pleurait.
Cet homme dans ſa miſere
Avait un eſclave à ſon tour
Malheureux comme lui , travaillant tout le jour ,
Et la nuit ne repoſant guere.
Voyant ſon camarade en ſon ſort déplorable ,
Celui-ci s'écriait ; je ſuis moins miſérable ,

B

Oui , je fuis moins à plaindre encor.

Je vous rends grace , ô Dieux ? qui ferf m'avez fait
naître.

De ne m'avoir pas fait efclave d'un tréfor ,

Il eft affreux de fervir un tel maître.

LE FOU.

FABLE.

UN beau jour en extravagant ,
Un certain Fou fe mit en tête
Qu'il eft vraiment ce Dieu magnifique & puiffant ;
Qui maitrife à fon gré les vents & la tempête.
    Là-deffus il lance un coup d'œil
    Qui du monde annonce le maître ,
Prend un maintien conforme à fon orgueil ,
    Et s'ajufte en fouverain être ,
Croit tenir en fes mains le nuage & l'éclair :
Port d'habitant des Cieux , figure menaçante ,
    Front orageux , fourcil de Jupiter ,
Prunelle de rouler , terrible , étincelante.
La nue eft fous fes pieds , il marche au haut des airs ;
Court de la terre aux cieux & des cieux fur la terre,
Appelle le beau tems ou lance le tonnerre,
Et du fond de fa loge il regle l'Univers.

Tremblez , s'écriait-il , tremblez , peuple coupable ;
    Et devant moi prosternez-vous.
  Lors déployant avec un vain couroux
    Un bras qu'il croyait formidable ,
C'est moi dont la présence a devancé les tems ;
C'est moi de qui la main avec magnificence
Fait luire à vos regards ces globes éclatans ;
Je suis l'être étonnant qui n'eut point de naissance.
    Il eut beau dire , on n'en crut rien,
On le vit prodiguant une vaine parole ;
  On se moqua de la Déité folle ,
    De ce nouvel olympien.
  Pour cette fois l'auditeur incrédule
Se mit à rire au nez de ce Dieu ridicule.

    Ami lecteur , en fais-tu les raisons ?
» C'est que l'on s'apperçut de sa folie extrême ;
  Mon cher lecteur, vous vous trompez vous-même ;
C'est que ce fou logeait aux Petites Maisons.

LE VIEUX CHAPON ET LES JEUNES COQS.

FABLE.

UN vieux Chapon à barbe grife
Croyant qu'à nous prêcher la vieilleffe autorife ;
Voyait avec dépit quil paffait , feul , le jour ,
Et que pour comble de mifere ,
Le long des nuits il était folitaire ;
Que loin d'infpirer de l'amour ,
Toute poulette
Jeunette
Le fuit à tire d'aîle & déferte fa Cour ;
Se fentant déformais incapable de plaire ;
Dans fon humeur attrabilaire
Tout l'aigrit , tout le fâche & lui femble odieux ;
Et quoique le pédant eût fait chofe pareille
En fon printems , il devint envieux
Des doux plaifirs que goûtaient fous fes yeux
Les jeunes Coqs à la crête vermeille.
Alors fe rengorgeant avec dévotion ,
Il fait le pénitent , & prêche la réforme ,
Dans fes auftérités traite de crime énorme
Les doux baifers , peu dignes d'un tel nom ;
Défend l'Amour de la part de Pluton ,

Car c'eſt lui qui cauſait ſa peine la plus dure ;

C'eſt contre lui qu'il criait tout le jour ,

Il défendait ſurtout ce joli jeu d'amour

Inſtitué par la nature ,

Et contre ſes plaiſirs prêchant avec aigreur ,

Dans tous les poulaillers il ſémait la terreur.

Les Coqs ne chantaient plus au lever de l'aurore ;

Ses cris avaient banni les doux amuſemens ;

Poulets avaient ceſſé d'éclore ;

Poulettes n'oſaient plus écouter leurs amans.

Coquerico chéri des Belles ,

Se laſſe enfin qu'on oſe le prêcher ;

Coquerico , le ſoutien des rebelles ,

Leve la crête , épanouit ſes aîles ,

Courouçé , plume en l'air , s'avance & vient chercher

Celui dont les ſermons excitent ſa colere.

Il ſe poſte & d'un bec où s'annonce la guerre ,

Au harangueur il adreſſe ces mots :

Vieux ſermoneur , & l'Apôtre des ſots ,

Ennemi ſexagenaire

De nos jeux innocens , de l'art charmant de plaire ,

Inutile aux amours , indécent & perclus ,

Vous blâmez des plaiſirs que vous avez perdus ;

Apprenez , notre ami , qu'un chapon doit ſe taire.

Portez ailleurs tous vos raiſonnemens ,

Sus , vieux pedant , délogez de céans.

Tous contre lui ſe révoltèrent ,

B iij

Poules & jeunes Coqs en foule s'attroupèrent ;
     A coups de bec ils le chasèrent.
Les Ris & les Amours qui craignent les pedans
Revinrent aussitôt ; les amans s'embrasèrent ,
Et tous les poulaillers furent des lieux charmans.

     · Ainsi l'on doit bannir , exclure
Le rigoriste affreux, qui , dans ses noirs excès ,
     Au nom des Dieux & condamne & censure
          Tous les péchés qu'il n'a point faits ;
Détruit les passions , gourmande la nature ,
Et médit de l'Amour qu'il ne connut jamais.

L'AMBITIEUX ET LA MORT.

CONTE MORAL.

Dame Atropos fortant d'une cabane,
D'un air fombre & cruel traînant fon fpectre hideux,
Entrait dans le palais profane
D'un de ces infenfés qu'on nomme ambitieux.
Le maître du logis, vieillard plein d'imprudence,
Chargé d'ans, fous fes blancs cheveux
Enfermait les projets d'un jeune audacieux,
Aimait le fafte avec extravagance,
Se repaiffait d'erreurs & de frivolités,
Et dans fes accès de démence,
Il amaffait fur foi de vaines dignités.
Aux frivoles grandeurs victime abandonnée,
Il fatiguait de foins fa tête infortunée,
Et reglant fur fes vœux tous les décrets du fort,
Au-delà d'un long terme il réléguait la mort.
La mort arrive ; elle entre inattendue :
Le vieillard orgueilleux prompt à fe couroucer,
Lui dit, on n'entre point fans fe faire annoncer.
Holà, mes gens, que veut cette inconnue ?

LA MORT.

Écoute.

L'AMBITIEUX.

Je t'entends, je conçois mon bonheur.

B iv

C'eft le Roi qui t'envoie, & d'un nouvel honneur
Il veut me décorer ; tu feras bien reçue,
Parle ; fuis-je Miniftre ou bien Ambaffadeur ?

LA MORT.

Non , je viens t'annoncer que ton heure eft venue.

L'AMBITIEUX.

Ce difcours eft étrange ; & l'on n'y penfe pas.
    Un grand Seigneur ! un homme de ma forte !
    Dame Atropos , vous vous trompez de porte ;
Sans doute à mon voifin vous portez le trépas.
Vous lui ferez plaifir , il eft dans l'indigence.
D'un coup de votre faulx courez le fecourir.

LA MORT.

Orgueilleux , en dépit de ta vaine arrogance,
Les hommes font égaux alors qu'il faut mourir.
Je ne mets entre vous aucune différence ,
    Et c'eft par toi que je commence ,
    Meurs. Que répondre à ce difcours brutal ?
Fuffiez-vous vertueux , bienfaifant , libéral ,
Jamais Dame Atropos ne fentit la clémence.
    Ah ! fi dumoins il était Cardinal :
    Son mauzolée aurait plus d'importance ,
Et l'on pourrait alors mourir avec décence.
Ce nom fur un tombeau jette un air de grandeur ;
    En lettres d'or il dit au voyageur :
    » Arrête-toi : ci-gît une Eminence.
Avant de s'embarquer pour le fombre féjour ,

'A la fille du Styx le moribond propofe
    De lui laiffer de grace encore un jour ;
      Qu'eftce qu'un jour ? Hélas ! fi peu de chofe.
      Ce n'eft pas qu'il eût le deffein
D'aller briguer encore une dignité vaine.
S'il demande une aurore à la Parque inhumaine ,
Ce n'eft plus pour fonger à la pompe mondaine ;
Il veut qu'un teftament utile à fon prochain ,
Revêtu d'une forme authentique & certaine ,
      Laiffe une aumône à l'orphelin ;
Il veut laiffer un nom & des bienfaits enfin
      Dont en pleurant on fe fouvienne.
Que fi Dame Atropos veut fe donner la peine
    De repaffer ; il fera prét demain.
A demain ; elle dit & de lui fe fépare.
      Le moribond ambitieux
    Bannit la crainte & rappelle les vœux.'
A des jours tout brillans , joyeux il fe prépare ;
    Nouveaux projets pour un long avenir :
      A de nouvelles deftinées
      Il fe promet de parvenir.
Envain le lendemain elle doit revenir ,
    Qui dit demain , dit aumoins dix années.
Il vaque un chapeau rouge , il le faut obtenir.
Par ce nouvel efpoir toute crainte eft bannie ;
Il s'agite , il fe montre , il s'empreffe à la Cour ,
Amaffant des grandeurs pour un fiécle de vie ,
    L'infenfé n'avait plus qu'un jour !

Il eſt déja paſſé ce jour ſi peu durable ;
L'inſtant fatal arrive & la Mort avec lui.
   Soudain ſa voix épouvantable ,
Fait entendre ces mots : holà , c'eſt aujourd'hui.
   Elle eut peine à le reconnaître ;
Il était traveſti de ſes vains ornemens.
  Le vieil enfant, lorſqu'il la vit paraître ,
   Eſſayait ſur ſes cheveux blancs
  Ce chapeau rouge attendu ſi long-tems.
A l'aſpect de ce front fatigué par les ans ,
   A l'air dont l'imbécille idole
    Careſſait d'une main folle
De tous ſes faux honneurs cette marque frivole ;
  Ces vains hochets dont s'amuſent les Grands ;
   Un rire hideux où ſe peint la colere
   Vint dérider ſon viſage fatal.
Vous êtes un grand fou , Monſieur le Cardinal ,
Lui dit , d'un air affreux , l'infernale Mégere ;
Ça qu'on me ſuive : envain pour excuſe derniere
  Le moribond accuſant le notaire ,
Allégue un teſtament & bien d'autres raiſons.
Atropos déployant , inſenſible & ſévere ,
   La faulx tranchante & meurtriere
Frappe cet inſenſé chamarré de cordons.

  Le Cardinal dont j'ai conté l'hiſtoire ,
Vous légua ſa folie & ſon peu de mémoire ,
Mortels , de qui les jours ſont bornés par le tems ;

Vous peuplez l'avenir de vos vœux imprudens ,
Et du fein éclattant de vos riches demeures
Vous formez des deffeins pour un long amas d'ans ,
  Et vous n'avez , hélas ! que quelques heures.

LE VILLAGEOIS CORRIGÉ.

CONTE MORAL.

UN frere de Phaëton
D'un pere illuftre infâme rejetton ,
 Comme un manant élevé dans la grange ,
  Non dans les cieux , mais dans la fange ,
 Menait un char , au premier non pareil ,
  Où des choux par un fort étrange
  Tenaient la place du foleil.
  Brillant auteur de la lumiere ,
Son pere était encore abfent de l'hémifphere.
 A pas tardifs , un trifte Bucéphal
Conduifait au marché le demi-Dieu fans fuite.
Lors placé fur fes choux ; haranguant les deftins ,
Des Dieux à fon égard il blâme la conduite ;
  Il leur reproche fes chagrins.
Manger du pain tout noir , boire de méchans vins ;
Tout franc il s'ennuyait de ce genre de vie.
 Jufques à quand faudra-t-il qu'il effuie
Les infultes des vents , & la gréle & la pluie ?
Comme le voilà mis ! il n'a pas un denier.

Epoux obſcur d'une obſcure pérette ,
Il faut chaſſer l'importune charrette.
Eſt-il donc fait pour ce honteux métier ?
  Tout met à bout ſa patience :
 Les Collecteurs , la taille , les impôts.
Aujourdhui le travail , demain point de repos.
  Plus il y ſonge , plus il penſe
  Qu'il eſt trop bon d'endurer tant de maux ,
Tandis que le trépas peut finir ſa ſouffrance.
  Que ſi le ſouverain des Dieux
Veut qu'il reſpire encore , eh ! bien que ſa puiſſance
  Le pouſſe aux emplois de finance ;
Qu'il le faſſe un Créſus au front large & joyeux ,
Bien vêtu , bien nourri , vivant dans l'opulence.
Que ſans cela Jupin forme envain l'eſpérance
De lui faire ſubir un ſort ſi rigoureux.
Jupiter s'emportant , jure dans ſa colere
D'exaucer le manant , & d'accomplir ſes vœux ;
Ce Dieu pour le punir , lui ravit ſa miſere.
  Il fait ſigne aux événemens.
Ainſi , lorſqu'aux déſerts , aux limites du monde ,
  Aux pays des enchantemens ,
Quelque Magicienne en preſtiges féconde
Se montre merveilleuſe en ſes ſecrets ſavans ;
Sa baguette agitée en divers mouvemens ,
En traçant ſur le ſable une figure ronde ,
Soudain étonne l'œil de palais ſurprenans ,
Prodigue en un déſert des monſtres effrayans ,
Introduit jeune Nimphe , à la danſe légere ,

Ou fait mouvoir fantômes menaçans ;
Invifibles tantôt, tantôt apparaiffants.
Colas fe fent frappé de foudains changemens,
  Et déja le prodige opere ;
  Il paffe en un nouveau métier ;
  On le voit quittant fa figure :
  Ongles crochus, ame infenfible & dure :
  Le gros Colas fe change en Financier,
Et par une aventure encor plus furprenante,
Sa charrette ruftique en voiture élégante.
Il voit fur foi pleuvoir mille biens étonnans,
Tout-à-coup une main invifible & divine
Ajufte le manant au fond d'une berline.
Au dos un bel habit, au doigt beaux diamans,
  Se trouvent mis fans qu'il devine
  D'où partent ces ajuftemens.
La berline mouvante, agitée en balance,
Part comme un trait léger, porte avec complaifance
L'énorme villageois qui femble un gros Prélât.
  Ajoutez qu'en cette occurence
  Force doublons, maint bon ducât
  Mit fa bourfe dans l'opulence.
Un cocher fur le fiége arrive en méme-tems.
Tout lui plait, tout l'enchante en ce nouveau fpec-
  tacle ;
Derriere, il voit laquais la berline fuivans,
  Courfiers fougueux & fentant le miracle.
Le financier n'ofait encor fe réjouir ;
Plus d'une fois en rêve il avait fait fortune ;

Et dans l'inſtant qu'il allait pour jouir
De ces biens étalés au beau clair de la lune,
Son œil les avait vus foudain s'évanouir ;
Avant que le foleil ramenât la lumiere,
Toujours pauvre, toujours Colas l'infortuné,
  Le réveil l'avait ruiné,
 Le réduifant à fa fimple chaumiere.
Colas redoute encor cet accident fâcheux.
Il raifonne, il s'éveille, il fe frotte les yeux,
Le regard étonné fait mainte conjecture
Sur tout ce qu'il entend & fur tout ce qu'il voit.
Il examine tout & de l'œil & du doigt ;
D'abord il fe méfie, enfuite il fe raffûre :
Il contemple, il admire, il prend poffeffion
  De tous ces biens qu'un Dieu propice envoie,
  Il pleure, il rit dans l'excès de fa joie ;
  Tant le miracle a troublé fa raifon.
  Ainfi dans cette falle immenfe
Où l'aveugle Déeffe, en un palais pompeux
Attroupe tous les mois en fpectacle à fes jeux
De crédules mortels qu'attire l'efpérance ;
Quand la fatale roue agitant fous leurs yeux
Ces frêles numeros où s'attachent leurs vœux,
Dans l'efpoir de bannir l'indigence importune,
Tout ce peuple inquiet, de fon fort incertain,
  Attend que d'une aveugle main,
 Un jeune enfant, Prêtre de la fortune,
 Amène au jour les décrêts du deftin.
 Si d'aventure, ô bonheur ! ô merveille !

Un bourgeois épicier pâliſſant & ſaiſi,

  Entend nommer à ſon oreille

Cet heureux numero que lui ſeul a choiſi ;

  Ou lorſqu'objet d'aventure publique ,

Quand le char d'Apollon du monde a fait le tour,

Ce marchand fortuné voit devant ſa boutique

  Trois champions s'arrêter en plein jour ;

Ses vœux ſont accomplis, ſon ame eſt ſatisfaite ,

La baguette à grand bruit roulant ſur le tambour ,

Annonce à ſes voiſins que ſa fortune eſt faite.

Colas goûte une joie encore plus complette ;

Mais ce n'eſt plus Colas ; c'eſt un ambitieux

Qui déja ſe repaît de vent & de chimères ,

Las ! de ſon ſouvenir le Créſus orgueilleux

Efface en rougiſſant la trace de ſes peres.

  Il traveſtit ſes ruſtiques ayeux ,

Prête à ces bonnes gens une fauſſe nobleſſe ;

  Et prétend dans ſa folle ivreſſe

Deſcendre de Colas antiques & fameux.

De l'or ſur les mortels l'influence odieuſe

Reſſemble à certaine herbe horrible & venimeuſe ; *

Malfaiſante , elle croît au milieu des vergers ,

Inconnue aux regards des plus ſavans bergers.

On évite avec ſoin cette herbe dangereuſe.

  Durant le jour ſi par malheur

---

* On ne ſait point ce que c'eſt que cette herbe , mais les bonnes gens de la campagne aſſûrent qu'elle exiſte. Ils content à ce propos l'hiſtoire d'une foule de gens qui ſe ſont égarés dans leur route , pour avoir malencontreuſement marché deſſus.

L'ennémie a touché les pas du voyageur ;
    Atteint d'un poifon qui l'enivre,
Il ne reconnaît plus la route qu'il doit fuivre.
Le regard plein de trouble , il s'égare à l'inftant ,
    S'écarte & court dans les campagnes.
Le voyageur luttant, haletant, fe laffant ,
S'évertue à gagner le fommet des montagnes ,
Croyant en liberté traverfer les vallons ,
Voler d'un pas agile & fouler les gazons.
L'or nous trompe de même , il n'eft point de remède
    A fes charmes empoifonneurs,
L'homme va s'égarant de grandeurs en grandeurs ;
Il rend extravagant quiconque le pofsède.
    Tandis qu'épris de vains projets ,
Suivant la route heureufe où fon deftin l'entraîne ,
Le nouveau parvenu fe quarre & fe promène
    Dans le fantôme des palais
Qu'il a fait apparaître à fes fens fatisfaits ;
Il voit dans un inftant fes grandeurs éclipfées.
Le deftin le troublant dans fes hautes penfées ,
Le renverfe foudain du faîte des honneurs,
Et lui rend tout à coup fa fortune inutile ;
    Car vous faurez qu'une troupe incivile
De ces honnétes gens que l'on nomme *voleurs* ,
Du Créfus étalant ce pompeux équipage ,
    Concevant bonne opinion ,
Précipite fes pas & vole à fon paffage.
La troupe à fon abord le juge un Intendant.
                  Chacun

Chacun le croit de bonne prife;
Ça , lui dit-on , rendez-nous notre argent ;
N'attendez pas qu'on vous le dife ,
L'ami, reftituez & fans répliquer rien ,
Votre bourfe eft à nous , puifque c'eft notre bien.

COLAS.

Eh ! de grace , Meffieurs , voyez votre méprife ;
Souffrez qu'en paix on paffe fon chemin.
Je fuis Maître Colas, & n'ai point d'Intendance:
Il eut un beau dire , il leur parlait envain ,
On le jugea fur l'apparence.
Cette troupe s'empreffe à le jetter dehors
De la berline aventuriere.
Colas en ce moment redouble fes efforts ;
Il tient bon , fe deffend , repouffe les plus forts ;
Réfifte & fe reprend encore à la portiere.
Enfin par ces brigands de mille coups frappé ;
Il fuccombe & fe rend ; lors on le dévalife.
L'un d'eux le deshabille , un autre eft occupé
A faifir la berline objet de convoitife.
Cela fait ; auffitôt la troupe bat aux champs.
Colas , demeuré feul , prefque fans vêtemens ;
Tâche à fe relever, faifant laide grimace :
Appefanti , chancelant fous les coups ,
Il s'en va comme il peut, & pleurant fa difgrace ;
Et regrettant fa charette & fes choux.
Colas à l'avenir eut foin d'être plus fage.
Jamais il n'oublia cette utile leçon.

C

Modefte, tous les foirs regagnant le village,
Il borpa fes defirs, prit en averfion
Ces biens fi dangereux, fa folle ambition.
Défabufé de l'or, fatisfait & tranquille,
Défiant les voleurs, le deftin, les fergens,
Il voitura gaîment fa laitue à la ville ;
Les voleurs quelquefois rendent fervice aux gens.

LE MONARQUE ET LE BERGER.

CONTE MORAL.

CERTAIN Roi fe laffait d'un illuftre deftin,
    Et s'ennuyait du rang fuprême.
    Etre toujours un Souverain,
    Porter toujours un diadême,
Ne dépofer jamais la trifte Majefté,
    Ne point goûter un peu d'obfcurité,
    Sans appétit fe mettre à table,
    S'étendre au lit fans goûter de repos ;
Pour faire le bonheur d'une engeance intraitable
Se confumer d'ennuis, Souverain déplorable,
Traîner fes triftes jours en d'éternels travaux !
Efclave de fon rang, jamais le miférable
Ne pouvait faire un pas fans trouver des honneurs,
Sans traîner après foi l'appareil des grandeurs.
Que le fort d'un berger lui femblait préférable !

Que ne peut-il renonçant aux faveurs
Qu'aux dépens de la paix tous les jours il achete ;
Voir ce sceptre odieux se changer en houlette,
   Ce diadême en un chapeau de fleurs,
Et tenant en ses doigs un chalumeau champêtre ;
Souverain de troupeaux, aux champs les mener paître,
   Goûter un sort plein de douceurs
Près de Lisette assis, & régner sous un hètre !
   Un berger s'ennuyait d'errer dans les vallons.
Pour plaire à ses regards, l'aurore aux cheveux blonds ;
Se levait vainement séduisante & vermeille :
L'instrument dont jadis il chérissait les sons,
Importun maintenant déplait à son oreille.
Ici maintes brebis leurs agneaux alaitaient ;
Là deux béliers rivaux de leurs fronts se heurtaient ;
Les uns allaient paissant, les autres regardaient ;
   Voilà quelle est sa compagnie !
Les saisons tour-à-tour le trouvaient dans les champs ;
Semblable à ses troupeaux il y passait sa vie.
   Il n'entendait, que chiens, qu'agneaux bêlans ;
Tels étaient tous les jours ses plus doux passe-tems.
Le bel amusement qu'avait sa Seigneurie !
Lassé d'un tel emploi, plaignant sa pauvreté,
En différens projets tour-à-tour il s'embarque ;
Et de l'abaissement où les Dieux l'ont jetté,
Le pâtre ambitieux désire être un Monarque.
   O prodige étonnant que l'on ne croira pas !
Tout à coup renversé de son trône superbe

Le Roi, près d'un troupeau se trouve assis sur l'herbe;
Un trône merveilleux s'élevant sous ses pas.
 Au rang des Rois fait monter Dom Lucas.
  Mais cet Auguste de village
   Bientôt regrettant son troupeau,
Le diadême au front pleura son chalumeau.
Un peuple curieux volait sur son passage.
Confus, embarrassé d'être un grand personnage;
On le menait en pompe objet rare & nouveau.
Lui, portait gauchement sa figure grossiere,
Marchait comme un manant sous ses vastes lambris;
Faisant à chaque mot vingt fautes de grammaire.
  Ses exemples furent suivis.
Pour lui plaire on brusqua tout usage incommode;
Son patois fut bientôt le langage à la mode;
Le rustre corrompait la langue du pays.
On vantait son esprit & sa grace à bien dire.
Le peuple courtisan, peuple singe & sournois,
Comme lui déployant une bruyante voix,
Contrefaisait sa joie & ses éclats de rire.
La Cour prit son allûre & ses airs villageois.
Lucas était difforme; on le nommait Beau Sire.

    LUCAS.

Moi, beau! s'écriait-il : on se moque, je crois.
Je suis laid, je le sai; je me suis vu vingt fois
  Dans le cristal d'une onde transparente;
Messieurs les courtisans, je n'aime point qu'on mente.
Vous avez ce défaut; & soit dit entre nous.

A corrompre les Rois vous vous appliquez tous.

LES FLATTEURS.

Sire , daignez , on vous supplie ,
Interroger , d'un œil tranquille & doux ,
De ces miroirs brillans la surface polie :
Votre beauté partout est peinte & réfléchie.

LUCAS.

Ah ! leur dit-il avec courroux ,
Foin des miroirs de Cour , morbleu l'on s'en méfie ;
Peut-être ces miroirs s'entendent avec vous.

LES FLATTEURS.

Votre peuple est heureux ; la preuve, c'est qu'il danse.

LUCAS.

L'on ne me trompe pas ainsi ,
Et je sai par expérience
Que le peuple partout gémit dans l'indigence ;
Mon pere était un pâtre , & je le fus aussi.

LES FLATTEURS.

Vous, pâtre ! non, Seigneur, gardez-vous de le croire.
Vos ayeux , on le sait, sont fameux dans l'histoire ;
Tous vos parens , Seigneur , furent des demi-Dieux.

LUCAS.

Tous mes parens étaient fort gueux.
Je suis , je le répéte , un pâtre d'origine.

LES FLATTEURS.

C'est pour cela qu'elle est divine.
On ne l'ignore point, Lucas premier du nom
En droite ligne est issu d'Apollon.

Ce Dieu pour adoucir l'ennui de fa retraite,
Avec une beauté que l'on ne connaît pas
    Devint l'ayeul des illuftres Lucas,
Lorfque banni du ciel, voyageant ici-bas,
    Il vint garder les beaux moutons d'Adméte.
Ils lui contaient encor que fon peuple eft heureux ;
Ce peuple que preffait une longue famine
Tout-à-coup fe foulève & s'arme en furieux ;
On fe révolte, on court, on tue, on affaffine,
Il fonge à fes moutons, fi paifibles fujets.
Il fe rappelle alors fa tranquille chaumiere,
    Et regrettant fa premiere mifere,
    Le Roi Lucas tremble dans fon palais.
    Le Roi Berger fe lamente & s'ennuie ;
De fon deftin nouveau maudiffant les rigueurs,
La difette, les loups, & la grêle & la pluie ;
    Il redemande fes grandeurs.
Il ne les obtint plus ; expiant fa folie,
    Le Monarque en fa bergerie
    Vit terminer fes triftes jours.
Et Lucas, aux grandeurs condamné pour toujours,
    Mourut en portant la couronne.

De leurs vœux imprudens tous deux furent punis.
Soit que vous gémiffiez en d'éternels ennuis,
    Dans la cabane ou fur le trône,
Mortels, gardez le pofte où les Dieux vous ont mis.

LE CAPITAINE ET LES GRECS.

CONTE MORAL.

Portez à la monnoie & Mercure & Junon,
Et Vénus l'amoureufe & le bel Apollon,
  Et jufqu'à Jupiter Ammon,
  Difait jadis avec fageffe
  A certain peuple de la Gréce
Un habile guerrier dont j'ignore le nom.
  Refpirant mort & vengeance,
  L'ennemi marche à grands pas,
  Et redoutable s'avance ;
  Dans les fers un peuple immenfe
  Suit traîné par fes foldats
  Que l'effroi pâle devance.
On ne peut fans l'appui d'une utile finance
Vaincre fes ennemis, & livrer des combats.
Vous n'avez point d'argent, quelle eft votre efpérance?
  Sous peu de jours vous ferez affiégés.
De quoi vous ferviront tous ces Dieux fans défenfe,
Tous ces Olympiens dans un morne filence,
Immobiles, oififs en vos Temples rangés ?
  Quand vos troupes feront battues,
Vainement, le front pâle & fuyant le trépas,
Vous viendrez entourer leurs nombreufes ftatues,
Tous ces Dieux impuiffans ne vous fauveront pas.

        C iv

L'ennemi furieux, à la clarté des flâmes
Viendra tremper ſes mains dans le ſang de vos femmes.
Vous verrez les vieillards expirans ſous ſa main ;
   Vous verrez vos filles en proie
Aux tranſports effrénés d'un vainqueur inhumain,
Farouche, enſanglanté, pouſſant des cris de joie.
Eh quoi ! loin de tenter des efforts généreux,
Irez-vous implorer des fantômes frivoles,
Tréſors que l'ignorance a changés en idoles ?
Des métaux impuiſſans, où l'art induſtrieux
En tremblant attacha la figure des Dieux.
Ah ! plutôt employez à ſauver des gens braves,
Mercure aux pieds aîlés, & Vénus aux yeux pers ;
Quand un peuple eſt contraint à recevoir des fers,
Tous ces Dieux du vainqueur ſont les premiers eſ-
   claves.
Craignez que l'ennemi n'étale ſous vos yeux
Vos ſuperbes remparts renverſés ſur la poudre ;
Il viendra triomphant, d'un bras audacieux,
Déſarmer Jupiter, & monnoyer ſa foudre.
De ces métaux ſacrés employez le ſecours,
Vos ſoldats enhardis vont franchir mille obſtacles ;
C'eſt ainſi que vos Dieux garantiront vos jours,
Dès qu'ils ſeront changés ils feront des miracles.
  Ses diſcours commençaient d'ébranler l'auditeur,
Lorſqu'un caillou lancé par une main perfide,
Roide mort étendu renverſa l'orateur.
Un Prêtre fut, dit-on, l'auteur de l'homicide.
Ils accourent en foule, ils font accroire aux ſots

Que le trépas de ce héros
Eſt un ſigne certain des vengeances céleſtes ;
Et d'une main impie ils outragent les reſtes
Du grand homme giſſant aux pieds de ces bourreaux.
Tout le peuple s'emporte & devient fanatique ,
Et loin d'oſer punir cet horrible attentat,
  Fol inſtrument de politique ,
Il s'attroupe , oubliant la miſere publique.
L'inſenſé par ſes chants bénit l'aſſaſſinat ,
Et l'on porte aux autels , comme ſainte relique ,
Le caillou meurtrier du ſauveur de l'État.
On célébrait encor cette cérémonie ,
  Quand l'ennemi de toutes parts,
L'un l'autre ſe pouſſant , monte ſur les remparts.
La ville eſt en allarme : on ſe trouble , on s'écrie ;
On s'aſſemble en tumulte , on court , on ſe deffend.
Rien ne peut arrêter le vainqueur en furie.
Tout le peuple frappé , percé de coups , tombant ,
Éclairé , mais trop tard , regrette en périſſant
  Le deffenſeur de la patrie.

Le peuple eſt idiot , ruſtre & ſans notions,
  En proie aux ſuperſtitions ,
   Aveugle & ſans prévoyance ,
Il ſe livra toujours avec extravagance
   Aux mains de ces maîtres fripons *
   De qui la fatale ſcience
   Fut de tromper les nations.

* Le nom dont on qualifie les Prêtres prouve aſſez qu'on
n'a voulu parler ici que des Prêtres du Paganiſme.

LE DÉVOT DÉBAUCHÉ.

CONTE MORAL.

Il est des questions que l'on fera toujours.
    D'honnêtes gens demandent tous les jours:
    Pourquoi le vice, élégant personnage,
Se montre à nos regards paisible, fortuné,
    Le front joyeux, le teint enluminé,
    Crossé, mitré, roulant en équipage?
    Pourquoi souvent un Dervis scandaleux
Au fond d'un hermitage où le pourceau s'engraisse,
    Boit le Champagne, en se moquant des Dieux,
    A la santé d'une maitresse,
Ayant, grace au Seigneur, tous ses vœux satisfaits
    Étincelant d'une impudique flâme,
    Ronflant, soufflant & ne pensant jamais ?
On demande pourquoi plus d'un mortel infâme,
Scélérat renommé, passant ses jours en paix,
    Se rend heureux à force de forfaits ?
Tandis qu'assez souvent manquant du nécessaire,
    La vertu fait mauvaise chere !
    Mes chers amis, écoutez, je soutiens
    Que j'ai pénétré ce mistere.
Aux gueux, honnêtes gens, Dieu réserve un salaire
Au monde que savez, leur prodigue ses biens
En son beau paradis; tandis que ces vauriens
    Manquant de tout, réduits à leur chaudiere,

Auront le fort de Meſſieurs les payens ;
Mourant de foif, & ne pouvant pas boire.
Je vous dis vrai ; c'eſt à vous de me croire ;
Vous le devez, ſi vous êtes chrétiens.

Certain dévot payen haranguait ſes idoles.
Au lever du ſoleil, dans l'Été, dans l'Hiver ;
     Le paroiſſien de Jupiter
Prodiguait aux Autels des prieres frivoles.
Il était homme juſte, il jeûnait tous les jours,
   A ce métier croyant faire fortune.
   Il ſe trompait ; ſa préſence importune
Fatigua vainement des Dieux muets & ſourds.
Il eut beau s'écarter loin des ſentiers du vice ;
Penſant qu'à ſes vertus les Dieux rendraient juſtice ;
Répandre mainte aumône, être bon, libéral ;
Le ciel le laiſſa faire, & la triſte indigence
De toutes ſes vertus devint la récompenſe ;
   Notre honnête homme allait à l'hôpital.
Quoi ! dit-il, c'eſt ainſi que Jupiter ſoudoie
     Quiconque s'engage avec joie
A ſervir la vertu qu'il recommande aux gens !
     Tandis que je vois des brigands
Avec impunité couverts d'or & de ſoie !
Tous ces lâches Craſſus, tous ces vils Publicains
Vont ſe déſaltérant dans le ſang des humains.
Je vois des ſcélérats la troupe floriſſante
Qu'un peuple s'épuiſant à grands frais alimente.

Tyrans, qui de nos maux ont formé leur bonheur !
Sur l'abus de nos loix leur audace se fonde ;
Ils viennent diffamés & d'un front sans pudeur
Dévorer sous nos yeux les dépouilles du monde.
Et moi, mortel sensible en ce siécle de fer,
J'ai vu mes tristes jours consumés dans la peine.
Passant le mois de Juin en long manteau d'Hiver ;
L'Été me trouve encor sous un habit de laine.
Je ressemble tout net aux pauvres que je plains.
L'honnête homme sensible à leurs tristes destins,
Simple, vêtu comme eux trotte à pied par la ville.
Ah ! le vice est fécond & la vertu stérile.
On ne s'enrichit point à plaindre les humains.
  Messieurs les Dieux, puisque votre indolence,
  Qu'aucuns à tort appellent providence,
Néglige nos destins, & laisse à l'abandon.
  L'homme de bien languir sans héritage,
  Il vous plaira de trouver bon
Que pour être un Crésus, je devienne un fripon.
Etre riche ici bas est affaire importante.
Il faut pour s'enrichir imiter les méchans.
J'en accuse les Dieux si le vice me tente,
La vertu ne fait point la fortune des gens.
  Ayant ainsi parlé, le citoyen d'Athène
Va trouver humblement la maitresse du Roi ;
Ce Monarque, dit-on, était Aristomène.
Il cabale, il intrigue, il obtient un emploi
  De Publicain impitoyable.

Il pille, il vole, il devient inhumain.
   Le financier inéxorable
   S'engraiſſe d'un infâme gain.
A ſes vols ſcandaleux vainement on s'oppoſe;
Las ! que peuvent les loix contre un homme puiſſant?
Tant qu'il fut vertueux il était peu de choſe,
Devenu ſcélérat, c'eſt un homme important.
   Les grands Seigneurs cherchent ſon alliance.
Avec profuſion ſa main jette & dépenſe
Ces biens que le cruel enlève aux indigens.
   Il fait conſtruire à leurs dépens
   De beaux châteaux, des maiſons de plaiſance;
On brigue ſa faveur, il reçoit maint placet.
Le pauvre dans la nuit en pleurant ſa miſere
Pouſſe de longs ſanglots du fond de ſa chaumiere,
Et lui qui l'a volé s'endort ſur le duvet !
Envain la probité lui dicte le contraire
   De ce qu'il fait ; blâmant ſes actions,
     » Et lui faiſant force ſermons.
     » Ah ! malheureux ! qu'oſes-tu faire ?
     » Que te ſervira d'étaler
     » Une fortune menſongere ?
     » Les remords viendront te troubler.
     » Souviens-toi que dans ta miſere
 » Ingrat , plus d'une fois j'ai ſu te conſoler.
     » Ah ! ſi jadis je te fus chere,
  » Réprime encor cette ardeur de voler.
 » Par tes vertus encor ſonge à te ſignaler.

» Le méchant rarement prospere.
Vous mentez, vieille folle, aveugle conseillere ;
Tous vos amis sont gueux. Sortez de ma maison.
Vos conseils désormais ne sont plus de saison.
Si je suis un fripon, ce n'est pas votre affaire.
Importune, chez moi ne paraissez jamais,
    Il vous sied bien d'entrer dans un palais ;
      Allez habiter la chaumiere.

    Depuis ce jour, la triste probité
      Alla gagner, honteuse & délaissée ,
Le taudis où logeait sa sœur la pauvreté,
Et he vint plus aux lieux dont elle était chassée.
Quoiqu'absente depuis, cette Divinité
Aujourd'hui comme alors y reçoit maint outrage.
      Chaque riche cependant
      Se vante de lui rendre hommage ,
Et de la probité conserve encor l'image ,
Qu'il promène par-tout, qu'il montre à tout venant ;
Mais Dieux ! que son portrait est bien peu ressem-
    blant !

LE VILLAGEOIS
ET LE COURTISAN.
CONTE MORAL.

Sur cette route où la fortune
Promène tous les jours ses amans orgueilleux,
Où courant avec eux la tristesse importune,
Avec pompe poursuit tous ces ambitieux
Que l'espoir des grandeurs conduit dans la carriere;
Dans cette route, dis-je, où l'on voit à la fois
     Et l'opulence & la misere,
Et des fiers courtisans la troupe mensongère
Qui s'agitte, s'empresse & court flatter les Rois;
Lecteur, tu reconnais le chemin de Versaille.
Or donc sur ce chemin, d'un air humble & courtois,
S'acheminait, n'aguere, un pauvre villageois,
Bon homme au demeurant, payant gaîment la taille.
Ici c'est un Marquis, plus loin c'est un Baron;
L'un s'en va gémissant & demande un cordon;
L'autre veut s'illustrer du beau nom d'Eminence.
     On voit à certaine distance
Sous un page bruyant dont la main le conduit,
Un courfier qui galoppe & retombe à grand bruit
Envoyé tout exprès pour chasser l'indigence.

Du fouet qui frappe l'air l'éclat retentiſſant ;
Le tumulte confus, le bruit, le mouvement
Vont annoncer au loin que quelque Grand s'avance;
Le bon homme riait : ſes yeux indifférens
　　　　Voyàient mouvoir ſur ſon paſſage
Ces pompeux tourbillons où réſident les Grands ;
　　　　Et le Socrate de village
Monté ſur un cheval paiſible & peu fougueux,
　　　　Simplement mis, ſatisfait & joyeux,
Chaſſait tout doucement ſon modeſte équipage;
Tous ces ambitieux lui paraiſſaient des fous,
　　　　Dont il plaignait l'extravagance.
Il ſe ſouciait peu de leur vaine opulence :
Notre homme ayant vendu ſes oignons & ſes choux;
Remportait dans ſa poche un tréſor de cent ſols.
　　　　Que je plains ceux qui ſans reſſource
　　　　Diſait le Créſus indigent ,
　　　　Manquent de pain, faute d'argent ,
Et n'ont pas comme moi cinq livres dans leur bourſe !
　　　　Il voit venir au même inſtant .
Au fond d'une berline où la richeſſe abonde
　　　　Un mortel au front mécontent.
　　　　C'eſt un de ces dévots du monde
　　　　Qui vont par-tout la fortune priant.
　　　　D'une éternelle inquiétude
Ce pénitent profane éprouve les horreurs.
Son œil mélancolique eſt éteint par les pleurs.

Il

Il périt en sa solitude
Lentement confumé de l'amour des grandeurs.
   Tout à coup la fievre augmente ,
Et d'un accès foudain vient menacer ses jours.
On s'écrie , on s'empreffe , on appelle au fecours.
  Le villageois à ce bruit s'épouvante ,
Sur fon petit cheval & trotte & fe préfente.
Le voilà : que veut-on ? Il vient le fecourir.
   Soit qu'on languiffe au fein de l'indigence ,
Ou foit qu'un malheureux fouffre dans l'opulence,
Le manant généreux eft prêt à s'attendrir.
   Manquant de tout il offre fes fervices.
    On eût dit vraiment à le voir
   Que la Déeffe aux bizarres caprices
  De tous fes biens eut foin de le pourvoir.
    On eût dit que le pauvre haire
Avait tout à fouhait , & que l'autre au contraire
   De l'inconftante était difgracié
Tant il femblait touché, tant fon œil effrayé
   Avait troublé fon front paifible !
   Tant était grande fa douleur !
Mais non , s'il était riche , il ferait moins fenfible ;
  C'eft l'indigent qui plaint le grand Seigneur.
   Sa fouffrance eft fans doute extrême ;
Que fon front eft défait ! quelle horrible pâleur !
  Le pauvre Grand ! difait-il en lui-même ,
En vérité , je plains bien fon malheur.
   » Eh ! quelle eft donc la maladie

         D

» Qui d'un péril preſſant vient menacer ſa vie ?
Ce Monſeigneur eſt atteint, lui dit-on,
D'un certain mal qu'on nomme ambition.
De tous les maux c'eſt ſans doute le pire :
Sa fievre en tous nos ſens porte un poiſon fatal,
Et les tranſports, & le délire,
Et la fureur d'aſſervir ſon égal.
Le malheureux atteint de ce funeſte mal
Soudain veut commander, gouverner un Empire ;
L'un veut être un Miniſtre & l'autre un Cardinal.
Dans le cœur d'un mortel il fait naître les vices,
Lui cache les dangers ou les lui fait braver,
Et pouſſe le malade à vouloir s'élever
Vers les grandeurs, au bord des précipices.
Vers la ſanté plus de retour.
» Ah ! quelle étrange maladie !
» S'écria le manant : mais cette frénéſie,
» Cette peſte, Meſſieurs, ne régne qu'à la Cour ;
» Jamais je ne la vis déſoler la campagne.
» Adieu ; j'ai des oignons qu'il faut vendre demain ;
» Quelquefois la fievre ſe gagne,
» Et je n'ai pas de quoi payer un Médecin.

Ce villageois fut ſage, & toi, tu ne l'es guere,
Si tu peux envier les illuſtres deſtins
De tous ces Grands qu'admire le vulgaire.
Ah ! redoute, inſenſé, leur étrange miſere.
Il n'eſt point de palais où n'entrent les chagrins.

Malgré tous leurs tréfors manquant du néceffaire ;
Rien ne peut affouvir leurs éternels befoins ;
Si tu les connaiffais, tu les envîrais moins.
Ils promènent par-tout leur fuperbe indigence.
Pauvres de dignités, chaque jour tu les vois
Mendiant des grandeurs à la porte des Rois.
Voi ce qu'eft en effet cette magnificence.
Quand ton œil voit paffer ces mortels faftueux,
Rapidement traînés par des courfiers fougueux
Au fein d'une voiture ornée & tranfparente,
Au fond d'un vis-à-vis fouple & voluptueux,
Où baille en s'ennuyant leur molleffe indolente ;
Crois-tu que le bonheur s'y promène avec eux ?
Lorfque le pauvre en paix, fommeille en fa chaumiere,
La cruelle infomnie importunant leurs yeux,
Souvent le long des nuits fait veiller leur paupiere.
Il en coûte bien moins pour être vertueux.

  L'homme occupé d'une efpérance vaine,
Se livre aux longs travaux, des tréfors amaffant :
Il s'accable d'ennuis, fe confume de peine
        Dans l'avenir s'inquiétant ;
Je crois voir cet infecte actif & diligent
Qui, dès l'aube éveillé, déja fe met en plaine,
Trotte dans la campagne où fa tâche l'attend.
L'œil de l'obfervateur le voit inceffamment,
Qui chargé de butin s'évertue & fe traîne,
Lui que le Créateur de fes jours fe jouant,
Forma léger & frêle & pour être un inftant.

Mes chers amis, dédaignons la richeſſe.
Paiſibles, ſatisfaits & ne déſirant rien,
Cultivant l'amitié, les Beaux Arts, la ſageſſe,
Allons à pied gaîment, & ſoyons gens de bien.

F I N.

www.ingramcontent.com/pod-product-compliance
Lightning Source LLC
Chambersburg PA
CBHW060817180626
46818CB00002B/847